BÉRBERIS

FOTO DA CAPA

O Rock Balancing é um gesto delicado de pôr pedra sobre pedra: o encaixe, o peso, o equilíbrio de uma sobre a outra exige precisão.

Trata-se de uma prática meditativa que enuncia o esforço de construir sonhos que podem, a qualquer momento, ruir, revelando a transitoriedade das fases na vida, o que requer resiliência para reiniciar.

Bruno Drummond

BÉRBERIS

EDITORAS ASSOCIADAS

Catalogação na publicação
Elaborada por Bibliotecária Janaina Ramos – CRB-8/9166

D795

Drummond, Bruno

Bérberis / Bruno Drummond. – Belo Horizonte: Quixote+Do, 2022.

104 p.; 14 x 21 cm

ISBN 978-65-86942-63-7

1. Ficção. 2. Literatura brasileira. I. Drummond, Bruno. II. Título.

CDD 869.93

Índice para catálogo sistemático
I. Ficção : Literatura brasileira

QUIXOTE+DO EDITORAS ASSOCIADAS
WWW.QUIXOTE-DO.COM.BR
Rua Alagoas, 1.270 | sala 304 | Savassi
30.130-168 | Belo Horizonte | MG
(31) 3141-1256

Aos

A

tingidos pela l-ama
nas montanhas de Minas

tanto amor
perdido

...o sucedido sofrimento sobrefoi já
inteirado no começo; daí só mais
aumentava. E o que era para ser.
O que é pra ser – são as palavras!

Guimarães Rosa
(*Grande Sertão: Veredas*)

Agradeço, com muita alegria, a luz que me proporcionou ter trabalhado com duas pérolas: Dra. Vânia Baeta e Dra. Maraíza Labanca.

Agradeço a N.L.L.V. o apoio e a sensibilidade que muito me fez trabalhar com alegria.

Sumário

Prefácio para *Bérberis*

De Bruno Drummond

BÉRBERIS, s. m. Gr. *berberi.* Arbusto lenhoso e espinhoso da família das berberídeas cuja baga se come crua ou em conserva; uva espim (*Berberis vulgaris,* Lin.)

BERBERE, s. m. Ár. *berber.* Língua dos berberes.

BERBERES, s. m. pl. Habitantes da Berberia, na África do Norte.

(FREIRE, Laudelino. *Dicionário da Língua portuguesa*, vol. II)

Os Berberes (que chamavam a si próprios Imazighen que significa "homens livres" ...). A palavra berbere, incorporada ao português por empréstimo do árabe berber (derivado de ber 'homem' com interferência do latim barbarus) ...não tinha, originalmente nuance pejorativa, significando simplesmente "não grego" sendo aplicado a toda pessoa cuja língua não era compreendida pelos gregos ou a alguém que se exprimisse em onomatopeias ("bar-bar")... A língua berbere representa, na África do Norte e até no Saara, a única ligação de uma comunidade de dezenas de milhões de pessoas.

(Wikipédia – enciclopédia livre)

Bérberis também podia ser um nome de mulher, aquém da flor ou além da flor da escrita. Bérberis poderia ser o berro de uma nascente, de um nascimento, recém-saído do líquido amniótico. Mas *Bérberis*, para quem o lê, é substantivo lenhoso da língua deste livro: às vezes, uva; às vezes, espinho. Espinhos cravados e retirados, a duras penas, da língua. A uva macia que escorre no céu da boca. O cristal da língua estilhaçado pelo assombro de reflexos, evocações, ex forço, morticínio e sonhos. Resta o silêncio escrito, na travessa de...

Pois bem, entramos no livro. O que nos aguarda é um pouco do susto da noite, quando a luz cega a imagem refletida de um corpo que vai. A narrativa incita a cena, cinematograficamente. O suspense se insinua como gênero feminino, na íris alucinada dele, no delírio que é canto e flor. Tudo se passa como aquilo que não se detém: o vento, o sopro, a escrita. Tudo re-volta como a memória que insiste em não esquecer: "O vento soprava desarrumando as ideias, as roupas soltas sobre o corpo esvoaçavam".

As ideias, no corpo do livro, são roupas soltas esvoaçadas? As ideias ganham corpo, porque a materialidade da língua o permite. Mas, para tal, é preciso dispô-las ao vento, depois de lavadas, depois de lavradas. Há lavra nas palavras deste livro. Senti que era preciso deixar-se lavrar por ele, para que o corpo se desse à leitura. Então, um pacto de leitura seria preciso: conceder com as imagens em movimento, sem deixar de se distrair. Tomei como diretriz, como fio condutor do leitor, o seguinte parágrafo: "Distraiu-se e girou o olhar, fixado no nada, quando uma folha seca trazida pelo vento atravessou o campo da visão num balançar, pousando branca, com suavidade, no chão". (p.7)

O leitor é leito, onde pousa a folha seca da escrita. Lembrei de Davi Kopenawa, em *A queda do céu*, afirmando: "Eu, um Yamomani, dou a vocês, os brancos, esta pele de imagem que é minha".[1] Ou, antes: "Você desenhou e fixou essas palavras em peles de papel, como pedi". [2] Então, a folha escrita como pele de imagem ou peles de papel. Há suavidade, sim, no entanto há paixão. O chão, o pai. Folhas adiante, encontrei essa figura ardente (Pai chão) no enamoramento de Ana e Lúcia: "Descobriu que estava enamorada por Lúcia. Corou-se. Nunca havia acontecido situação semelhante. O vermelho, na

[1] KOPENAWA, Davi; ALBERT, Bruce. *A queda do céu*: palavras de um xamã yanomami. São Paulo: Companhia das Letras, 2015, p.66. [Esclarecemos que o termo "Yanomami", na citação acima, encontra-se escrito tal qual o citamos ("*Yamomani*"). Não se trata aqui, portanto, de um erro de digitação, embora não possamos afirmar que não seja esse o caso no livro *A queda do céu*.]

[2] KOPENAWA, Davi; ALBERT, Bruce. *A queda do céu*: palavras de um xamã yanomami. São Paulo: Companhia das Letras, 2015, p.64.

face, revelou-se no reflexo do espelho da cristaleira, como sangue exaurindo em Pai chão. Pensou em Lúcia. Um sorriso passeou em seu rosto". (p.27)

A imagem de um sorriso passeando atravessa o campo de visão do leitor, trazendo com ela a plurisignificância de outras imagens na cena da memória. Um sorriso aí não é mais só um sorriso, porque ele (o sorriso) ganha a autonomia de ir e vir, como um visitante de rostos alheios, que traz a promessa tênue de um afeto efêmero e, por isso mesmo, raro, com valor de raridade no tempo. Mas esse visitante, aqui, contrasta com o sangue de "Pai chão", nome que se dá a quê? Terreno lenhoso, diria, espinho.

Das personagens: figuras

A composição de *Bérberis*, a meu ler, não é construída contando com personagens, mas se desenha através de figuras. Uma personagem, em qualquer narrativa realista ou pautada na verossimilhança, possui uma consistência imaginária que permite, minimamente, realizar uma *persona*, como uma gestalt ou, melhor, como a mímese de uma determinada personalidade, isto é, uma "organização mais ou menos estável e duradoura do caráter, do temperamento, do intelecto e do físico de uma pessoa".[3] Mas aqui o que en-

[3] Cf. verbete PERSONALIDADE. In: ABBAGNANO, Nicola. *Dicionário de Filosofia*. São Paulo: Martins Fontes, 1998.

contramos são nomes, às vezes, delineados aquém da consistência imaginária, que os nomes próprios (Pedro, Ana, Lúcia, Naria e Fúvia) podem suportar, embora se constituam na narrativa como pura potência de agir: um vulto anônimo, um Pai chão, uma cristaleira.

São nomes que avançam com a propriedade dos corpos-coisas; ou são nomes incorpóreos, embora incorporados, de afetos e afecções, que se tornam quase autônomos, como o sorriso que passeia ou uma ideia desarrumada. Poderíamos lê-los em chave metafórica ou metonímica, figura de linguagem que nos permite ir além, em abstração. Mas, e isso é opção do leitor, também podemos ler aquém, em ponto de letra, como substantivo literal: em estado de parte sem todo, corpo da linguagem evolada. Eis alguns exemplos: "um novelo de ideias esquecidas levou-a para longe" (p.14); "Cerzia os pensamentos levantando um voo interno, inquieto." (p.14); "Ela olhou ao lado e teve a sensação de que algo encostava: a dúvida." (p.14). Com *Bérberis*, sentimos a materialidade corpórea das sensações, em som significante, tocando o corpo da palavra tal qual instrumento que ressoa dor, gozo ou mesmo um tenro acontecimento de linguagem: "Teve a sensação de aproximar-se do corpo de Ana, engoliu o grito da imagem que o feria"; **"uma dor suada escorria dos olhos"**; "A estrada de terra que levava à fazenda Mata Grande imiscuia-se na paisagem árida, deixando impressas na memória apenas as pedras na calçada." (p.14)

São nomes anônimos que ganham localização corpórea, como o asfalto quente de Pai chão ou como o desatar, no corpo, do laço materno em busca da fonte da palavra:

> Pedro notou uma brecha na placa metálica. Feixes de luz desenhavam no tapume, imiscuindo-se ao espaço escuro, a silhueta do corpo dela. Ele, agora, contava com a brecha e o contorno do corpo para desatar o laço materno e fazer brotar a palavra em Ana. (p.21)

A composição da imagem aí, caminhando em mera descrição, é invadida por uma metáfora literalizada, se assim a podemos nomear. Ou seja, é como se a metáfora fosse obrigada, por uma exigência textual, a retornar ao seu estado literal e, este, ao estado de coisa: de coisa no corpo, no corpo do texto, no corpo do leitor, na pele de imagem, com a potência de silêncio-coisa, coisa gozante de prazer e dor.

> Viu timidamente as suas mãos pousadas sobre a bancada e, em êxtase, foi tragada de prazer e dor. Suspirou, deslizando a mão direita sobre os cabelos longos. Espremeu os lábios, engolindo seco o desejo. Havia algo que atrevia a entrar em seu corpo. (p.24)

Tamanha regressão nos conduz ao ponto de letra da palavra, anterior à palavra em estado de dicionário, consitutiva da língua pátria ou de Pai chão... da palavra. Desatar o laço materno, descolar (ou, de alguma forma, entrar para a escola) são pré-requisitos para estabelecer o laço social necessário ao compartilhamento de uma língua comunitária. No entanto e para tanto, é preciso percorrer um chão espinhoso, no qual se podem até encontrar, quem sabe nas margens da língua, algumas flores de bérberis.

> Os traços indeléveis gravados na placa metálica, que estavam no peito de Pedro, revelavam a cola de Ana à mãe. Os riscos impressos nas margens do disco de metal, compunham figuras similares a flores de bérberis. Mas não eram, eram pequenas listras, algumas curvadas na ponta, outras, análogas a hieróglifos.
>
> Pedro tentava traduzir esse nó materno em Ana: (p.22)

Em grego, *hieroglyphos* significa o gravador de hieroglifos, escrita pictográfica, enigmas de imagens. *Hieros,* sagrado. Como o nó materno em Ana? ("Os traços indeléveis gravados na placa metálica, que estavam no peito de Pedro, revelavam a cola de Ana à mãe"). Pedro é "pedra", onde estavam gravados os traços indeléveis. Ana entrou em nossa língua pelo hebraico Hanna, que significa "graça". E, em língua turca, *anne* é "mãe".

Análogo a hieróglifos, a escrita de *Bérberis* parece obedecer ao princípio onírico examinado por Freud até o umbigo do sonho: em ponto de letra ilegível, mas escriptível. Ler os sonhos como *rébus,* indica-nos o psicanalista. Do sentido figurado (simbólico, metafórico) passamos ao sentido figural (umbigo literal), em que as imagens propõem enigmas, evocações homofônicas, como o de "Pai chão"/"paixão". Um *jeu d'esprit*, uma adivinhação gráfica, um *rébus*: *rés* furtiva, a coisa furtada passa diante dos olhos do leitor, tal qual o vulto sombrio incorpóreo, tal qual o corvo de Edgar Alan Poe e sua carta roubada:

> Uma figura em silhueta emergiu ao longe abrindo um deserto na multidão. A coisa vinha vestida de preto e, com sorriso sórdido, caminhava mancando. A arrogância na face era velada por sons irreconhecíveis. O vulto não tinha corpo. Via-se à distância uma faixa diagonal preta projetando uma sombra no chão. A cada passo dele, instalava-se um imobilismo no tempo. Era necessário para Pedro transpor palavra e vulto, escrever as linhas que o tragavam. Então, atinou rapidamente para a letra na carta enviada a Ana. (p.12)

No entanto, de todos os nomes ou figuras que atravessam a narrativa, Pedro é o menos rarefeito de "personalidade". Nele, ainda há alguns traços, que se dão a ler/ver só depois, já que de início fica o indício de uma perda de si (uma pedra de si), de sua própria imagem, de um horizonte em estilhaçamento especular: "Era assim e sempre houve quem dissesse que um dia não seria suficiente para perder-se em sua própria imagem, quanto mais um momento". (p.6) Mas, na p.41, alguns indícios desenham o personagem:

> Naquele tempo, Pedro estava próximo dos trinta anos, possuía cabelos curtos e lisos, um leve penacho de bigode, contrastando com a testa ampla. No gole do café, a cada palavra que atingia o interlocutor, ele tinha um trismo sardônico. E um trejeito com as mãos que expressava a sua própria dificuldade de comunicar-se com o outro. (p.41)

De Ana, podemos apenas saber algo por esta imagem enevoada: "De viés imaginou o corpo dela retesado. Os cabelos lisos, caindo lentamente no rosto, encobria a face, chegando à cintura fina arqueada nos flancos. Uma névoa velava o cunho do rosto no ponto exato de vê-la." Ana: "Os olhos verdes dela cintilavam. Um sorriso tímido passou." (p.43) De Lúcia: os cabelos negros, curtos, mexendo as mãos freneticamente (p.51). Lúcia canta. Do perfil rarefeito do triângulo amoroso (Pedro, Ana e Lúcia), destaca-se a presença reiterada dos cabelos: fios que desenham, à maneira de um retrato exíguo, a trama da narrativa em suspensão. Do amor par: de um extremo ao outro, o avesso e a paixão, o páthos, o crime, amorte. Do amor ímpar: a abertura para fora de si mesmo, a paisagem, pais agem fora de pai chão. Do amor feminino: uma flor sem espinhos? Talvez a narrativa desenhe essa dimensão, fortuita, embora sem crivo no ser falante. Porque a espessura maior é situada na dimensão sanguínea e visceral dos restos do cristal da língua partida.

Da paixão da língua: a força da letra

Pai, chão da palavra. Busco no dicionário um chão para a palavra *Bérberis*. Busco no dicionário, porque ele ratifica a unificação de uma língua. Mas sob a unificação de toda língua corre muito sangue. Esse chão não é sem morticínio, inclusive de tantas línguas (indígenas, africanas, sertanejas...), de tantos dialetos e da própria língua materna – *lalangue*, língua-mãe de cada um, língua sonora do leite de todos nós.

Em cada chão da palavra Pai, do nome-pedra de Pedro, uma língua Mãe, *Anne*, jaz soterrada, não fosse a sonoridade vaga e vacante da palavra literária, que não cessa de cantar, em alguma dimensão, uma língua idiossincrática, idioleto que ainda permite ecoar, a quem se permita escutar, o canto da sereia contido nas imagens sonoras de cada um. Aqui ressoa uma língua própria contida na narrativa sob um nome de autor.

"Não há metalinguagem, mas o escrito que se fabrica com a linguagem é material talvez dotado de força para que nela se modifiquem nossas formulações", diz Jacques Lacan na abertura de seus *Outros escritos*, com o texto "Lituraterra".[4] E antes: "A questão é saber se aquilo que os manuais parecem expor – ou seja, que a literatura é uma acomodação de restos – é um caso

[4] LACAN, Jacques. Lituraterra. In : LACAN, Jaques. *Outros escritos*. Rio de Janeiro: Jorge Zahar, 2003. p. 23.

de colocar no escrito o que primeiro seria canto, mito falado ou procissão dramática."[5]

Podemos ler, nessa passagem de Lacan, a acomodação que os manuais de literatura fazem, já que eles não deixam de acomodar os restos. Mas também podemos ler aí, lituraterariamente, que a literatura é esse lugar escavado na língua pátria dos restos incontidos de uma língua mátria assassinada e ressus-citada: "Percebeu que um esteio de resto vivo, na tela vazia, clamava por tinta: flores de bérberis" (p.11).

Na pele de imagem, nas peles de papel, que Davi Kopenawa nos dá a ver, sobreimprimimos a terra liturada de Jacques Lacan e, nesta, o Pai chão de Bruno Drummond, para ler neles o que resta do morticínio: "a exigência da ressurreição dos corpos, última e definitiva aspiração do texto ardente", conforme Maria Gabriela Llansol.[6]

Voltemos ao texto ardente de *Bérberis* e sua paixão (ressoando, como o *rébus* de Pai chão); voltemos para sondar as formas que têm força para modificar nossas formulações, nossas impressões de leitura liturada. Assim como as imagens insistem em estilhaçamento, no cristal da língua em espelho, no reflexo obscuro de

[5] LACAN, Jacques. Lituraterra. In : LACAN, Jaques. *Outros escritos*. Rio de Janeiro: Jorge Zahar, 2003. p. 16.

[6] LLANSOL, Maria Gabriela. *Ardente texto Joshua*. Lisboa: Relógio D´Água Editores, 1998, quarta capa.

qualquer reflexão, assim também o tempo da narrativa insiste em evocações: da infância à cena do crime, do erotismo em cena, do páthos em ato. O tempo fora do tempo como nos sonhos? Um tempo esfacelado? Um tempo lógico e não cronológico? De qualquer forma, tudo gira e é posto em abismo em torno de uma **palavra ausente**: "Somente aquela palavra, a que não tinha sido dita no primeiro encontro, ressoava em sua mudez." (p.53)

> Os pensamentos de Pedro pairavam como ondas sonoras. Os ruídos ouvidos vinham da infância: como um relinchar num vácuo. Perguntava-se constantemente como pôde deixar escapar os atos destemperados. A pergunta era efeito da busca por uma **palavra, ausente** naquele momento, para explicar o que acontecera.
>
> Sem essa palavra a fúria ia direto para o corpo dele, jogando-o num vão escuro, fonte do vulto. A imagem dela gritava. Na pele de seu corpo irrompiam manchas roxas. Quando esses impulsos emergiam, as cenas se misturavam: o exterior com o corpo.
>
> Não se sabia quem golpeava quem. (p.46)

Essa palavra ausente que percorre e, talvez, funde a narrativa não deixa de evocar e ressoar a **palavra-ausência** de *Le ravissemente de Lol V. Stein*, de Marguerite Duras. Quase podemos inaugurar um diálogo impossível entre os narradores de *Bérberis* e de *Lol V. Stein*:

Lol não vai longe no desconhecido sobre o qual se abre aquele instante. Não dispõe nem mesmo de uma lembrança imaginária, não tem ideia alguma desse desconhecido. Mas o que ela acredita é que devia penetrar nele, que era o que precisava fazer, que teria sido para sempre, para sua cabeça e para seu corpo, sua maior dor e sua maior alegria confundidas até sua definição, que se tornou única mas inominável na falta de uma palavra. Gosto de acreditar, como gosto dela, que se Lol está silenciosa na vida é porque acreditou, no espaço de um relâmpago, que **essa palavra podia existir. Na falta de sua existência**, ela se cala. Teria sido uma **palavra-ausência, uma palavra-buraco**, escavada em seu centro para um buraco, para esse buraco onde todas as palavras teriam sido enterradas. Não seria possível pronunciá-la, mas seria possível fazê-la ressoar. Imensa, sem fim, um gongo vazio, teria retido os que queriam partir, os teria convencido do impossível, os teria ensurdecido a qualquer outro vocábulo que não ele mesmo, de uma só vez os teria nomeado, o futuro, o instante. Faltando, essa palavra estraga todas as outras, contaminando-as, é também o cão morto na praia em pleno meio-dia, esse buraco de carne [...] quantos inacabamentos sangrentos ao longo dos horizontes, amontoados, e entre eles essa palavra que não existe e que, no entanto, está aí: espera você a uma volta da linguagem.[7]

[7] DURAS, Marguerite. *O deslumbramento (Le ravissement de Lol V. Stein)*. Rio de Janeiro: Nova Fronteira, 1986, pp. 34-35.

Será que poderíamos ler a palavra ausente de *Bérberis* com a palavra-ausência de *Lol V. Stein?* Pergunto por que podemos pensar que a palavra não dita no primeiro encontro entre Pedro e Ana, essa palavra poderia sim ser dita, contingencialmente ou não, em qualquer outra circunstância. Ou seja, seria uma palavra passível de ser dita, embora não tenha sido pronunciada. Já a palavra-ausência de Duras não é uma palavra ausente, é uma palavra inexistente; é uma palavra-buraco e não uma palavra que faz buraco: "na falta de sua existência, ela se cala". Por outro lado, essa palavra, que não existe, no entanto, está aí: "espera você a uma volta da linguagem".

Então, a uma volta da linguagem, em qualquer travessa do texto, nos inacabamentos sangrentos ou no trepidar de suas placas tectônicas, essa palavra está aí, aparece em *Bérberis*, na sua ausência (ou na sua inexistência?), fazendo ressoar menos o sentido e mais o furo do sentido. Apresenta-se como algo enigmático que se espraia pelo texto, trazendo incessantemente o vazio do sentido – uma força que quebra a sequência da escrita, quebra a pedra (Pedro) e sua graça (Ana). Pesa a palavra:

> A palavra não dita no primeiro encontro pousava sobre o peito. (p.55)
>
> As forças em jogo quebravam a sequência desta escrita, ao trepidar a letra entre placas tectônicas. A atitude de Ana movia milímetros das placas que se

> deslocavam na superfície, produzindo a ruptura, tônus desse amor. Ela percebeu que a escrita vivida com Pedro se desmanchava. (p.58)
>
> Naquele momento, juntando parte a parte, Ana começou a recolher o próprio corpo fragmentado pelo corte no flanco. Não se sentia capaz de nada dizer. Ao mesmo tempo era tomada por uma invasão das palavras. (p.62)

Menos do que uma palavra, a instância da letra – um corpo fragmentado, o corte na carne, a parte sem todo – pousa e pesa sobre o peito do leitor, deixa-se tocar no rés do texto, na coisa da escrita, na paixão (pai chão), essa superfície em ruptura e amor. O efeito de sentido, segundo a teoria lacaniana, está intrinsecamente ligado à palavra, estabelecido na fronteira entre o Simbólico e o Imaginário. Mas essa palavra ausente (de *Bérberis*), contaminada pela palavra-ausência, palavra-buraco (de *Lol V. Stein*) é de uma ordem diferente do sentido. Ela ex-siste. Ela vem situar-se como flor plantada entre o Simbólico e o Real. Uma flor desértica (berbere) que há de faltar em todo e qualquer buquê.

Essa **palavra-ausência, essa palavra-buraco**, onde todas as palavras teriam sido enterradas, espraia-se na narrativa de um crime passional e toma a amplitude de morticínio. *Troumatisme*, diria Lacan, criando aí um neologismo, que embute a palavra *trou* (buraco, furo) na palavra *traumatisme* (traumatismo). Nesse extremo absurdo, em que nos perguntamos até onde as palavras podem ir, nada ou ninguém responde; nada ou ninguém escuta: "Onde estás que não me escutas? Ana perguntava-se constantemente e não obtinha respostas". (p.64)

Lembremos dos berberes, habitantes da Berberia, na África do Norte; lembremos dessa família linguística, tantas línguas; lembremos das *Vozes d'África*, de Castro Alves:

> Deus! Ó Deus! Onde estás que não respondes?
> Em que mundo, em qu'estrela tu t'escondes
> Embuçado nos céus?
>
> Há dois mil anos te mandei meu grito,
> Que embalde desde então corre o infinito...
> Onde estás, Senhor Deus?

Lembremos de outra voz possessa em *Bérberis*: "Pedro, em ti identificarei o ferro da palavra não dita." (p.65) A palavra ex-sistente faz vulto? O que é um vulto? Aquilo que passa e não diz, tal qual ave agourenta: o *corvo*, de Edgar Alan Poe; o abutre, de Castro Alves:

> Qual Prometeu tu me amarraste um dia
> Do deserto na rubra penedia
> — Infinito: galé!
>
> Por abutre – me deste o sol candente,
> E a terra de Suez – foi a corrente
> Que me ligaste ao pé...
>
> [...]

> Hoje em meu sangue a América se nutre
> Condor que transformara-se em abutre,
> Ave da escravidão

Ave da escravidão, ave da pena da escrita ressoa na nuvem semântica a bílis negra, a melancolia. Na parte sem todo do "Morticínio", sob a insígnia da frase solta "Não *Vale* nada!", podemos ler uma alusão ao desastre socioambiental provocado pelo rompimento das barragens em Mariana e Brumadinho, em Minas Gerais, minas escavadas sob a pena da escravidão:

> Um ruído se instalou. Ouviu um estrondo estarrecedor e viu correr um mar de lama aflita derramando-se continuamente a seus pés. Por cima do barro, boiavam olhos enucleados [...] faziam pequenos montes com lama endurecida e fincavam cruzes de madeira, adornando-os com flores de bérberis. Um esforço épico de estancar a dor [...] A terra estremecia em volta liquidificando corpos [...] o ruído das estacas entrando na terra furava o silêncio da morte. (p.66)

A narrativa, nesse ponto, faz a letra (em itálico) escorrer como o mar de lama, configurando assim o rompimento da barragem, a insanidade daquilo que não foi barrado, o desatino humano diante de um pai, uma lei que não responde. Na terra furada, o ruído informe e o silêncio da morte; na terra furada, embalde, escorre o infinito; na terra furada, escoa, imenso, um gongo vazio, ensurdecido e ensurdecedor;

na terra furada, esse buraco na carne, inacabamentos sangrentos, o corpo despedaçado; e, entre eles, essa palavra que não existe e que, no entanto, está aí: espera você a uma volta da linguagem, nas vozes d'África.

Da letra no sonho: os restos

É num sonho que encontramos mais uma figura: Naria. "Um novelo de letras rolou picando escada abaixo e foi jogado sobre os tijolos do muro da Igreja, pichando o concreto *ao ver Naria.*" (p.68)

Nessa passagem, mais um nome em aclamação: Ave Naria! A homofonia ressoa ("Ave Maria"), ao modo de rébus, o sonho de que temos a linguagem[8] e, dela, o concreto, o muro, o tijolo, a Igreja, a alvenaria: "Num dia desses, abriu um livro e foi lentamente folheando as páginas. Vasculhou minuciosamente a palavra *alvenaria,* que deu origem ao sonho de Pedro." (p.77). De Ana (Sant'Ana, mãe de Maria) a Naria, a pedra de nome de Pedro funda e afunda a Igreja, entoando, na proximidade do silêncio, uma prece laica: "Deparou-se com a oração: *ao ver Naria.* Parecia o silêncio querendo abrir espaços na escrita" (p.78). Da letra seguinte ao M de Maria, encontramos o N de nada, de Naria: "Ela estava nua, espelhada

[8] Alusão a um texto de Maria Gabriela Llansol intitulado "O sonho de que temos a linguagem".

em sua frente, *sem chão, sem pai*, lançando firme a voz que ressoava da boca. Ave Naria, de onde há de vir os lábios molhados." (p.71)

Se, do sonho, só temos a linguagem, lemos: "o sonho tornou-se real" (p.72). No real do sonho, *sem chão e sem pai*, sem M de mãe, a pronúncia de uma palavra nua anuncia um porvir do amor, como "o bico dos seios na ponta da língua". Ocorre-me pensar que a narrativa busca seu estado de leite como uma espécie de *Cântico dos cânticos*, muito aquém da palavra profética, a busca de um espaço edênico, onde o amor não seja sangrento, onde a palavra *ausência* não tenha lugar, onde a sombra do vulto não risque o chão. Uma erótica sem morte no impossível dos corpos. Ocorre-me pensar que, dos cantos, o canto do Uirapuru amazonense, em tonalidade lírica, desenha a pele da imagem do amor entre Ana e Lúcia, sem luz, sem sombra, apenas em silêncio.

Entramos em uma outra zona de sentido, em que o sentido semântico das palavras quer ceder lugar ao sensível, ao sonoro, ao puro cantarolar de *lalangue*, a língua anterior à língua, "ramos soltos das folhagens de árvores centenárias" (p.74), anterior às queimadas, anterior à espoliação infectada e infectante do campo especular e especulativo do capital. O que a erótica sangrenta produz o texto ardente busca lavrar, escavando no rés a possibilidade de uma outra conotação fundante e fundadora. Trata-se de um sem sentido, ou melhor, de uma redução máxima do sentido, subtração que almeja verdadeiramente escrever o corpo: "Escrever era o que restava, sonorizar no traço o ato adiantado, entalhando no tronco da árvore, o escape" (p.86)

Fonte da palavra, agora, só nos resta o silêncio escrito, os restos e o sopro de uma oração: "Vinde a nós, ó palavra empenhada pelo vale de lírios // Vela por nós, curando a dor". (p.97)

Vânia Baeta
Psicanalista, doutora em Literatura Comparada, na linha de pesquisa "Literatura e Psicanálise", da FALE/UFMG.

I

REFLEXOS

Pois bem,

a essa hora, ele vem chegando a passos largos. Passou em frente à vitrine, na Rua Direita. Ao reflexo do vidro, assustou-se. Assustou-se com as marcas ainda tênues em seu rosto envelhecido. Olhou discretamente para a esquina, numa tentativa de não querer ver o que se tinha visto, espelhado. A noite o envolvia, mas a luz dos faróis de carros incidindo na vitrine intensificava os pontos de brilho no vidro, efeito iluminado do reflexo, salvando-o de si mesmo.

Era assim, e sempre houve quem dissesse que um dia não seria suficiente para perder-se em sua própria imagem, quanto mais um momento. Ao longe, ouviu o ressoar de sinos da igrejinha, o tilintar ecoava, zumbindo os tímpanos. E aquilo lhe atormentou a alma, trouxe-lhe a exata medida do furor de sua mente dividida.

Naquele instante, desabrochou em terra firme um novo caminho.

Então, levantou a cabeça, andou, andou e não quis nem saber o que acontecera, seguia, sem nenhum amparo. Respirava. O vento soprava, desarrumando as ideias, as roupas soltas sobre o corpo esvoaçavam. Tentou agarrar-se, arrumou o chapéu segurando-o com as mãos, ajeitou o cachecol cobrindo o frio no pescoço. Era tudo de uma vez, semelhante a um maremoto. Passou a mão no cabelo curto, querendo puxar um fio que o perturbava.

Distraiu-se e girou o olhar, fixado no nada, quando uma folha seca trazida pelo vento atravessou o campo de visão num balançar, pousando branca, com suavidade, no chão.

E foi assim, sem nenhuma surpresa, que o encontro pôde se realizar no devido tempo.

Dobrou a esquina, fez um gesto simples com as mãos, olhando para o lado esquerdo, quando um novelo de ideias agarrou-o na nuca. Ardia, roçava e, pelas costas, deslizava para o mundo, rolando pela trilha infinita em que cada palavra dita não mais traduzia quem se aproximava. Parou por um instante, percebeu o arroubo do silêncio, virou-se.

Ela veio com uma saia verde plissada, com a qual seu corpo se misturava. Apressada, não pôde recostar-se no sofá da sala de estar, permaneceu em pé.

A sua atenção fixava-se no ponto exato perto da cristaleira em que ela se via sorridente.

O peito ardia, perturbava-a e desafiava-a para aquele encontro. Como incomoda o corpo! Ela pensou e dirigiu o olhar para o flanco do abdômen onde nascem as curvas. Nada se via. Então, por que olhava?

Admitindo a visão sem alcance, tentou em gestos segurar-se, mas o lugar a tomou em seus braços. Uma estranha sensação de poder e paixão trouxe aquilo que jamais ela se atreveria a fazer, se não estivesse atormentada por um forte furor.

Perdeu-se a blusa.

Um pano recortado em volta do corpo a cobrir-lhe os seios. O tecido trazia à memória o momento de celebração do casal. Sentia-se nua. Ele percebeu o lapso, beijando-a carinhosamente. Ana sorriu, desfez-se naquele corpo que era chamado por um nome. A sua face brilhava ante o olhar irrequieto que acossava a alma. Aquele momento a transformou. Apercebeu-se do lugar de onde ecoava a voz daquele corpo, como lâmina afiada. Notou o chamado. Ouviu-o dizer a palavra exata. Ela tragava de sua fonte íntima a força ofertada pelo lapso.

Foi um encontro despossuído do dizer dela.

Ainda que tênues, os sinais do tempo no rosto dele denotavam o esforço feito para aproximar-se daquela mulher. Era o que ela observava ao vê-lo frente a frente.

Ana, revirando os olhos, deixou cair-se delicadamente em seus braços. As mãos não mais pensavam, enovelaram-se por entre o corpo dele, irrompendo num grito.

Pedro abriu lentamente a porta. A engrenagem envelhecida das dobradiças rangia, enquanto a madeira rústica raspava na soleira de granito bruto, estralando. Ele sentiu os pelos eriçados. Em mais um passo, entrou na sala. Escuro. Escutava a ranhura de unhas sobre o solo áspero, num som agudo, vindo de longe.

Clamou por palavras. Nada escutou!

De viés imaginou o corpo dela retesado ante o muro próximo à porta. Os cabelos lisos, caindo lateralmente no rosto, encobriam a face, chegando à cintura fina arqueada nos flancos. Uma névoa velava o cunho do rosto no ponto exato de vê-la.

Assim, ora se via, ora não se via o olhar dela, enterrando no íntimo de Pedro o efeito vivo da presença daquela mulher.

❦

O dia estava ensolarado quando ele saiu de casa, pisou na rua calçada, em que se viam alguns restos de areia misturada a pequenas lascas de pedras. Ele andou um pouco, mirou o sol. Quando os olhos arderam, ficou escuro. Então, espremeu as pálpebras por duas vezes até que os olhos se acostumassem. Ao abri-los, viu pontinhos negros esparsos no campo de visão, ofuscando o olhar repentino que tinha sido desviado para a estrela central. A rua em que caminhava terminava cortada por outra rua íngreme, e da esquina viam-se árvores centenárias. O tom esverdeado avisava que ainda pertencia à vida.

Esqueceu-se, pela primeira vez, da impossibilidade de traduzir Ana.

De sua memória vinha um alvoroço de pensamentos, como se procurassem o voo certo para um destino incerto, descortinando a abertura para o mundo.

Talvez fosse, sem o saber, o momento de perceber a presença dela num cotidiano inalcançável e não mais como imagem.

Percebeu que um esteio de resto vivo, na tela vazia, clamava por tinta: flores de bérberis.

O dia entardecia, chamuscando o céu de negro-laranja, chovia fininho e, pela vidraça do Café GR, transviam--se pessoas: falando alto, acomodando-se, ajeitando as roupas, apressadas, em busca de um canto para escapar da chuva. O vozerio perturbava, impedindo o dizer de Ana. Traída em sua própria vontade, ela se foi.

Uma figura em silhueta emergiu ao longe, abrindo um deserto na multidão. A coisa vinha vestida de preto e, com sorriso sórdido, caminhava mancando. A arrogância na face era velada por sons irreconhecíveis. O vulto não tinha corpo. Via-se à distância uma faixa diagonal preta projetando uma sombra no chão. A cada passo dele, instalava-se um imobilismo no tempo. Era necessário para Pedro transpor palavra e vulto, escrever as linhas que o tragavam. Então, atinou rapidamente para a letra na carta enviada a Ana.

Naquele instante, Pedro procurou uma das mesas, sentou-se. O alaranjado da tarde aquecia-o. Espantado, ele apenas queria sair do Café GR ante à pressa que transbordava nos corpos. O desejo do encontro se misturava ao manto da multidão. Teve uma sensação de tontura e se desequilibrou, transpondo as dobras do corpo. Ele, ainda desorientado, procurou espaço para dizer palavras em golfadas, que, aos poucos, amenizou em soluços.

Conteve-se. Levantou-se. Pedro não podia prever a tensão que torcia os ossos, vindo a contragolpe, rompendo os poros da pele. Precisava ingerir algo forte. Olhou para a mesa próxima, procurando alguma coisa. Caiu em falso. Ele não mais pensava.

A sombra do vulto permanecia.

Atônito, ele procurava por Ana. Ela estava atada nele, mas ausente. Quisera descolar-se dessa dor irremediável. Num suspiro, tentou desviar os olhos, o reflexo do rosto dela sumiu, restando, no mesmo ponto, um olhar opaco. Pedro percebeu o fio entre esse olhar e o que o atordoava. Ainda confuso com o que o espelho não refletiu dela, cambaleou e foi tomado por exaustão profunda.

Num último recurso para trazê-la, tinha apostado na pujança da letra na carta enviada. Ela teria lido?

Depois, girou...

Era uma pequena cidade rural, próxima à fazenda Mata Grande, onde Lúcia vivia e trabalhava. Um dia ao fim da tarde, ela percebeu algo estranho no ar, não conseguia identificar de onde vinha aquela aflição. Decidiu ir para a sala próxima à entrada da casa e entreabriu a janela para respirar. No pequeno espaço de madeira rústica, debruçou-se, recostando-se no canto esquerdo da janela e, quando um leve vento soprou-lhe a face, um novelo de ideias esquecidas levou-a para longe. Inquieta, sentia as pulsações do pensamento.

Viu distante a rua calçada de pedras levando à estrada de terra. Em frente à janela da casa, avistava-se um jardim, próximo à varanda, que avançava em amplo espaço verde. Ali, ela ficava por horas, quieta, com olhar vago. Cerzia os pensamentos levantando um voo interno, inquieto. Pensou em Ana.

A terra da estrada cortava a rua calçada, num desencontro de caminhos. Ficou aflita. Ela olhou ao lado e teve a sensação de que algo encostava: a dúvida. Virou os olhos novamente em direção ao entrecruzamento dos caminhos.

A estrada de terra que levava à fazenda Mata Grande imiscuía-se na paisagem árida, deixando impressas na memória apenas as pedras da calçada. A dobradiça da janela rangeu. Num estalo, ela voltou a si suavemente e fez assim com os cabelos, jogando-os para trás.

Embora tonto do que houvera, com um zumbido na cabeça, Pedro, no Café GR, virou e se levantou do local. Pressionou as têmporas com os dedos da mão direita em arco. Uma dor suada escorria dos olhos. Saiu e andou sem rumo por quase hora. O rosto dela surgia, a todo momento, em sua visão. Teve a sensação de aproximar-se do corpo de Ana, engoliu o grito da imagem que o feria. Apoiou-se numa das cadeiras, em trancos, cambaleando. Pedia passagem a ninguém, pois nada impedia o passo seguinte, somente o corpo dela misturado ao seu produzia o avanço dele em arrancos.

Sentou-se, da janela via-se a multidão em transe, dispersando-se ao entardecer. Àquela hora, só restavam alguns raios do sol. O calor aquecia, provocando, cada vez mais, os desencontros das pessoas.

Um vulto rápido passou na multidão, misturou-se e deslizou entre corpos. Então, Pedro retirou-se do Café GR.

Ele não foi capaz de captar a forma e, num ímpeto, entreabriu os braços, tentando se livrar do espaço espremido na multidão, quando, de soslaio, percebeu algo passando por trás. Contrafeito, virou-se em sentido contrário aos corpos e saiu. Já fora, viu pessoas passarem apressadas. Procurou ávido pelo vulto. Nada. Nada acenava.

Nenhum sinal da presença de Ana.

Os passos não mais ditavam o ritmo do movimento de Pedro. Entrou na sala, pisou na imensidão de areia recobrindo o chão, palco da cena do crime.

Porém, exausto, segurou num galho seco de arbusto próximo à parede envelhecida, para conseguir ficar em pé. Um reflexo acanhado de luz descia em facho na parede descascada próxima ao arbusto e deslizava sobre o chão, oferecendo o silêncio.

Um homem, vestido de preto, de chapéu coco, aproximou-se, olhando-o fixamente. Segurou com as duas mãos os dois lados da aba do chapéu e, num curto gesto, movimentou-o rapidamente, para um lado e outro. Cumprimentou e disse: Passou? Pedro ficou sem entender a cena, quis dizer algo. Nada falou, o homem virou-se com rabo de olho e, desconfiado, continuou seu caminho como quem espera uma palavra, mas, ao mesmo tempo, desdenhava da resposta.

O termo que faltou trouxe a lembrança do primeiro encontro com Ana.

Naquele momento, a ausência da comunicação foi revelada pelo breu da parede envelhecida: ninguém acenava! Notou que o silêncio entre eles era como um bloco de pedra: o peso da palavra os fazia calar.

Pedro arregaçou as mangas da camisa molhada de suor, desabotoou o primeiro botão, tirou o lenço que cobria o pescoço. Esfregou as mãos distraidamente e suspendeu as calças amassadas. Depois, retirou os sapatos e as meias, entreabrindo os dedos dos pés descalços sobre a areia. Raspou a sola dos pés no chão e fez, com o dedão do pé, uma marca ali: um semicírculo direito, de onde puxou uma linha reta e curta, gravando o desenho de uma foice no terreno árido.

O contato da pele com a areia provocou uma corrente de pensamentos, os conflitos se assentavam em camadas, depositando-se na superfície onde Pedro pisava, levantando poeira. Ajoelhou-se e colheu, com as mãos em concha, uma nesga de areia, deixando vazar suavemente filetes entre os dedos. A areia, ao cair ao solo, compunha um montinho irregular.

Assoprou forte, e a nuvem de poeira embaçava os olhos.

Então, forçou a vista e, a cada empenho, surgia nítida, diante do olhar, uma placa circular metálica com letras impressas, circundando a borda. Apanhou a peça e, ao fazê-lo, percebeu um furo central. Detalhadamente notou que a fenda ofertava um infinito negro. Tremeu ao imaginar que toda aquela superfície em que pisava era acossada por esses vazios negros, sombras que compunham traços do vulto.

O vulto rondava jorrando imagens: *um filete de sangue coagulado escorria dos lábios dela, no canto da boca, a cabeça tombada à esquerda expunha o olhar fosco, refletido no corpo com manchas arroxeadas. O vulto induziu Pedro a pegar uma das mãos dela, amarelada. Ao tocá-la, o frio da pele enodava-se com as ideias dele e, a qualquer empenho de entender o que se tinha passado, lembrava-se do mal que o sorriso de Ana, nua na foto, suscitou nele, deixando-o mudo. O porta-retratos solto sobre um móvel da sala evocou a raiva que ela escondia de Pedro. A agonia o atingiu, necessitava da força de uma lâmina, com a qual, fora de si, pudesse frear a sua aflição.*

A sombra do vulto aproveitou a vulnerabilidade de Pedro e ocupou o termo que faltava, atando a letra a um bloco de pedra. No punho: a faca.

Pedro caminhava distraidamente com uma corrente, caída sobre o peito, com o pingente feito da placa metálica encontrada sob a areia. Certo dia, no meio da rua calçada, num súbito, o vulto arrebentou a corrente e a puxou do pescoço. Restou a placa circular caída nas mãos de Pedro, margeada por letras indecifráveis. Ele entendeu que o objeto que restou desse roubo era um sinal de que algo, do seu afeto por Ana, ainda permanecia.

Mas havia um beco a percorrer: em um dos lados, um tapume negro era o limite; no outro, uma parede envelhecida. Rente ao tapume, externo à passagem, escutavam-se vozes da multidão. Na travessa estreita, os corpos se encostavam, tensos, à procura de uma posição. Um gesto em falso poderia fazer desabar a única possibilidade de chegar a um espaço amplo: o Largo da Praça onde era possível respirar.

Pedro notou uma brecha na placa metálica. Feixes de luz desenhavam no tapume, imiscuindo-se ao espaço escuro, a silhueta do corpo dela. Ele, agora, contava com a brecha e o contorno do corpo para desatar o laço materno e fazer brotar a palavra em Ana.

Os traços indeléveis gravados na placa metálica, que estava no peito de Pedro, revelavam a cola de Ana à mãe. Os riscos impressos nas margens do disco de metal compunham figuras similares a flores de bérberis. Mas não eram, eram pequenas listras, algumas curvadas na ponta; outras, análogas a hieróglifos.

Pedro tentava traduzir esse nó materno em Ana: *pensou em pontos esféricos alinhados na trilha, de parede muito delicada, como bolha de sabão, em cujo interior viam-se, por transparência, oito pequeninas esferas pretas ligadas através de quatro bastões. Cada um dos bastões com duas pequenas esferas nas pontas, formando dois pares, que se entrecruzavam em diagonal, dentro da esfera maior. Esse conjunto girava em um movimento veloz e interminável. Não se escutavam barulhos do movimento. No silêncio, produziam, pela rotação rápida, um efeito de luz intensa, que transluzia pela esfera maior, iluminando o caminho.*

As letras na carta escrita por Pedro afetaram Ana, pelo que ela veio. Face a face, ele olhou fixamente para os olhos dela. Ana desviou o olhar para o lado, flexionou levemente a cabeça para frente, girando-a para a esquerda, despercebida. Sentia-se surpreendida pela presença daquele homem, deixou os cabelos caídos tomarem conta, perdendo-se na intimidade, sem saber por que razão.

Apenas soltou-se e foi caminhando lentamente para perto dele. Uma palavra escapou de seus lábios. Naquele instante, ela tinha certeza do afeto por ele. Calou-se. Não queria perder o silêncio do momento, permitindo somente aquele olhar que atingia sua pele, com delicadeza. Ana sabia que, por tudo aquilo que passavam, iria advir o tempo da renúncia e a entrega.

Eles restavam sós, uma palavra era demais. Ela esticou o braço esquerdo e, desse jeito com a mão, abriu-a, oferecendo a ele. Pedro a olhou, ela fletiu as pálpebras e, prenhe de vontade, sentiu o toque dele. Não conseguia dizer nada. O amálgama entre eles enraizava-se. Porém, eles não tinham a dimensão de que paradoxos provocados por experiências anteriores interfeririam no presente. Logo, para suportar a angústia das contradições do que sentia por Pedro, Ana teve a dignidade de se perder.

Depois, afastou-se dele, indecisa, para não sucumbir ao pior. Foi então que, sem dizer palavra e meia, se refez. Surpreendida, saiu daquele lugar e caminhou, como quem põe aspas na cena recente, para a diagonal oposta no Café GR.

Diante da bancada do bar, puxou um banco tripé amadeirado, sentou-se e ergueu a cabeça, segurando-a entre as mãos, passando, trôpega, o dedo indicador entre lábios, à espera de um pensamento. Nada a interrompia. Procurava serena a presença dele. Deixou-se fotografar pelo olhar de Pedro, ao longe, que a atingia desfeita. Meio sem saber, sorriu. Viu timidamente as suas mãos pousadas sobre a bancada e, em êxtase, foi tragada de prazer e dor. Suspirou, deslizando a mão direita sobre os cabelos longos. Espremeu os lábios, engolindo seco o desejo. Havia algo que atrevia a entrar em seu corpo.

Ana lembrou de um sonho que antecedera ao encontro com Pedro: *um caminho se abria no vale, no cume das rochas, sumindo ao infinito e, lá onde nada se via, compunham-se abismos em ângulos oblíquos, desenhando crateras vazias em torno das pedras. Ela olhou de cima a profundidade, imaginou-se caindo, o corpo tremeu, embalado pela ventania nas bordas das rochas. Passo a passo, caminhou no equilíbrio possível.*

A intimidade pétrea aos sulcos infinitos das rochas, rasgadas pelo tempo, a fez recordar do muro entre ela e Pedro. Precisava perfurar essa parede. Ajeitou-se, segurando a saia esvoaçante, para que o vento não castigasse sua pele clara. A visão inalcançável dele em sua retina fazia litoral com o azul do céu.

Em terra firme, os campos repletos de lírios balançavam ao sabor do vento, encostando-se uns aos outros, entre si, pedindo ajuda para não serem levados pelo sopro selvagem, que rompia não se sabe donde.

Ela inspirou o que lhe percorria nas entranhas. Assim, com a visão ainda enevoada, piscou duas vezes para enxergar, cruzou as pernas. Percebeu algo muito próximo a sua pele. Os lírios tremulavam no mesmo ritmo do embalo dos cabelos dela, sibilavam vale afora.

O sussurro a despertara onde o silêncio é verbo feroz.

Petrina deveria ser seu nome, mas era o nome de uma tia que morreu. Não, era Ana mesmo, inconformada, de corpo livre nos campos de lírios, com o verde dos olhos faiscando. Tinha ido longe para imprimir no corpo a marca daquela rocha.

Ainda que dispersa, uma luz habitava a trajetória de Ana.

Então, seguiu no vale sem fim, desceu para os campos e sentou-se num banquinho feito de tora de madeira rústica. Passou a olhar os campos de lírios, balançando rente aos joelhos. Entreabriu as mãos pendentes sobre as pernas, fechou-as, num movimento contínuo. Esse gesto, acariciado pelos lírios, levava-a a distinguir os passos dados até então com Pedro. Nada por dizer. Percebia somente o ruído em seu coração.

Sem ainda discernir, permaneceu em silêncio, confusa.

Descobriu que estava enamorada por Lúcia. Corou-se. Nunca havia acontecido situação semelhante. O vermelho, na face, revelou-se no reflexo do espelho da cristaleira, como sangue exaurindo em *Pai chão*. Pensou em Lúcia. Um sorriso passeou em seu rosto.

Ela jamais poderia ter se insinuado a Pedro. Aquilo que deu a entender no encontro com ele girava em sua cabeça. Tentou exaustivamente, sem êxito, apagar os indícios sugeridos, para não deixar que acertassem o corpo dele.

Ana decidiu-se nos campos, de lírios. Na poeira das palavras, o íntimo: revelado no céu da boca.

Pedro sofreu o golpe.

Era tarde demais, a suposição o atingira em cheio. Ele se lembrava da cena. Sentiu uma fisgada no ombro esquerdo. Um puxão pelas costas o deixou tonto. Então, sentou-se na expectativa de se conter. Em seguida, levantou-se e andou de um lado para outro. Por ter percebido o olhar de Ana para Lúcia, uma onda de aflição atravessava-o como uma mão perfurando o peito. Tentou esticar o ombro, um impulso que o trespassava produziu uma forte dor lombar.

Logo, cravou a mão na face, apertando ferozmente o queixo, com expectativa de arrancar essa aflição, selada em seu corpo.

Apesar de cair por terra a *Pai chão*, o tempo não arrefeceu o impacto do rompimento.

O calor asfixiava Pedro, impondo uma presença constante de lembranças pétreas. No eclodir da cena de ruptura com Ana, uma onda fria reverberava sobre os músculos de sua mão trêmula, empunhando a faca.

Naquele momento, uma outra voz anunciou a presença dela entrando na sala.

Logo Pedro deglutiu, mais de uma vez, o bolo que se formava na garganta. Mordeu em falso. Do outro lado da sala, ele a esperava em silêncio. Ela não o viu. Atônito, Pedro mirou o olhar de Ana refletido na quina do espelho da cristaleira. A intensidade cegou-o profundamente. Partiu...

A atitude endereçada a ela evoluía numa volúpia de atos desordenados. Encarou-a. Cortava em pedaços aquela dor, quando perdeu a medida. E, movimentando a mão ligeira, a lâmina furou o flanco do corpo dela. Jatos de sangue respingavam no espelho da cristaleira. O vermelho traduzia a força controversa do seu desejo. Queria-a pelo avesso, o corpo era pouco.

Tomou-a pelo braço. Segurando-a em seu próprio vazio desconhecido, viu-se envolto no caos: cacos de vidro, espelhos trincados... gotas de sangue. Não tinha percebido a presença de outra pessoa.

Lúcia acompanhou à distância a desventura, chegando a paralisar-se por alguns segundos, tamanho o horror.

Do furo no flanco do corpo de Ana borbulhava uma gosma escura, elevando, ao mais alto grau, a impulsividade de Pedro. Lúcia não quis acreditar no que via. Queria estancar a hemorragia. Aproximou-se. O furo exibia a escuridão carnal, expelindo o sangue coagulado. A cada vez que tentava conter, o líquido vermelho impregnava mais e mais a superfície do corpo. Doía a têmpora de Lúcia, sentia náuseas e via pontos brilhantes.

Depois, dirigiu-se rapidamente ao portão de saída, corria loucamente sem olhar para trás. Agoniada, perdeu-se no violento fluxo de ideias que iam e vinham despertando calafrios em seu corpo.

O vulto estava na espreita. A presença de sua sombra, que emergia da multidão, enevoava a exata percepção dos fatos na sala.

Em Lúcia as ideias se misturavam a ponto de formar um novelo áspero de dor. Ela tinha visto corpos consumidos num bloco de sangue e suor. E, em movimentos ágeis, debatiam-se. A cena foi encoberta pelo vulto, que se acostou ardilosamente, nublando a imagem testemunhada, deixando pequenos furos por onde vazava um líquido negro preenchendo o piso da sala. Por mais esforço que Lúcia fizesse para estabelecer a lucidez, o grudado asfáltico no chão escurecia o ambiente. Não conseguia descolar o pensamento da goma, sendo tragada pelos destroços da cena. Deu dois passos cambaleantes. Parou.

Levantando o braço, apoiou a mão direita espalmada no muro da Igreja, próxima ao Largo dos Machados. Manteve-se em pé. Depois, arriscou caminhar, entrando no fluxo de pessoas que passavam apressadas. O rosto suado sucumbia de repulsa. Ela queria estabelecer algum nexo entre suas ideias, porém o corpo era o limite. Os braços gelificavam, as pernas amoleciam e pesavam como se tivessem sido chumbadas por uma prensa de aço. Arrastava-se no passo. Engoliu seco, ergueu-se, não se sabe como, e cada vez mais foi abrindo espaços entre os corpos.

Enfim, desatou os pontos aglomerados e, fora da multidão, percebeu figuras fortuitas vagando ante sua visão. Inspirou profundo, soltou.

Um vento leve veio recostar sobre seus ombros. Espreguiçou, estendendo os braços em arco, flexionando-os. A visão, ainda embaçada, a acanhava. Revirou os olhos, apertando firme as pálpebras e, ao abri-los: *viu Fúvia ao longe, correndo de um ponto a outro, entre os lírios do campo.*

Naquele tempo, era preciso dizer a verdade sobre o que foi testemunhado. Lúcia estava diante do domínio público. Ela não titubeou e, mesmo sabendo do risco de falar sobre a cena, quis ficar presente na multidão que a interrogava.

Lembrava-se intensamente dos corpos aglutinados, como bola de fogo, camuflados pela sombra na sala.

A perplexidade que a tomava foi, em sua memória, se transformando numa grande rocha dura feito aço. Entrecortada por caminhos aleatórios, em que se viam áreas rasas de gramíneas secas amarelo-ferrugem sobre um chão de terra. Entre as gramíneas, havia espaços áridos margeados por pedregulhos. Estranha lembrança. Adulteração. Muito aos poucos, a névoa foi-se esvaindo e dando lugar a uma outra imagem, agora semelhante a uma calota craniana de gente. O couro cabeludo estava ferido, intercalando tufos e áreas esbranquiçadas como se tivesse sido arrancado. A sequela era esta, um resto duro: no corpo tenso como rocha emergiam trincas irregulares que percorriam a superfície pétrea, caindo numa fenda profunda, no flanco.

Pedro clamava por Lúcia, e sua voz reverberava no corpo dela. Queria se explicar. Lúcia tremia ao sentir bem perto o som forte do lamento dele. Porém, ela foi se despindo aos poucos daqueles ecos, até se apossar de sua própria razão. Apercebeu-se do instante-chave do crime: era o reflexo do olhar cintilante de Ana na quina do espelho da cristaleira, provocando o destempero de Pedro. O brilho daquele olhar trazia junto a imagem da foto em que ela se encontrava nua no porta-retratos sobre o móvel da sala. Ana sorria, alguém a tinha fotografado.

Pedro recordou o momento em que as mãos de ambos, entrelaçadas no ar, iam pousando suavemente sobre o tronco de uma árvore centenária, em que raízes profundas cavavam na rocha o que poderia ter sido o seu amor com Ana.

Era um tempo que tinha passado, mas que ele mantinha na memória, na tentativa de negar o que estava acontecendo.

Pedro não engolia o sorriso da traição comprovada na foto em que ela estava nua. A mulher escondida em Ana se tornou um tormento. Tinha sempre a intuição de que ela iria virar-se e, no próprio giro, encontrar o cheiro dos lábios da outra. Vivia numa infinita mistura de inverdades: havia a possibilidade real de ser Ana a própria autora que provocara toda a cena assistida por Lúcia?

Os pensamentos doíam no estômago, pairando num lugar ofídico.

Ana, quando percebeu o que sentia por Lúcia, abria-se em volúpia, que a tomava com vigor. Ficava cega, sendo invadida por essa força estranha. Estava pronta para suportar o que esse amor evocava?

Do outro lado, Pedro retorcia a verdade.

A multidão almejava entender o crime. Em um púlpito, ele pregava, construindo um santo de barro, carcomido internamente. Rebotalho público. Ignóbeis palavras. Lúcia, no entanto, estava atenta ao ponto cego do drama. Ao ouvir tais palavras saindo da boca daquele homem, percebia a desconexão do discurso proferido: vociferava como besta!

Há anos Lúcia, despercebida, alçava uma última tentativa de se segurar no vão. Assustou-se quando se percebeu enodada nesse triângulo amoroso. Ainda que com o corpo rachado e as mãos ásperas, saltou o vácuo. Atordoada, ouvia, através da janela, a música desafinada de sua vida: *vem-te, frente, ver de fronte a fonte*. Esquecia-se do tempo com os ecos da rima.

O afago da música dava-lhe motivos para continuar viva. Por fim, percebeu ao que tinha sido conduzida. Encostou-se num canto, e veio um sono profundo.

Mas logo despertou do transe com ruídos de risos. Virou-se de costas, surpreendendo a multidão. Que se dane!

A música roçava o corpo. Ela cantava.

O corpo de Ana, ainda se recuperando do golpe, expunha as feridas. Ela era assim: fora do pudor comum. Os olhos vivos pescavam o objeto no exterior, trazendo-o para próximo do seu corpo. A argúcia revelava que ela via longe, o que a espantava, deixando-a vulnerável à captura pelo vulto. Foi o que a levou à cena do crime, confirmando o que já antevia. As consequências do seu estilo trincavam o rosto da amante, por não saber aproximar-se dela.

EVOCAÇÕES

Pedro tinha saído de casa na esperança de que andar sem rumo lhe trouxesse algum tipo de conforto. Quando retornou, era tarde, por volta da virada do dia. No céu, as primeiras estrelas davam a sensação de algo quente na garganta. Pigarreou, tomou fôlego para atravessar a rua direita, desviando-se dos pedestres. Desatento, chocou-se com alguém que passava, no amplo espaço, cruzamento da Martins Campos com Otacílio de Medeiros. Ainda assombrado pelos efeitos de seu ato, avistou a Praça Cinco defronte ao Café GR, onde costumava passar as tardes de verão em longas conversas. Muitas vezes com pessoas desconhecidas.

Era praxe sentar-se em cadeiras de junco envelhecido, que circundavam uma pequena mesa redonda amadeirada. Naquele tempo, Pedro estava próximo dos trinta anos, possuía cabelos curtos e lisos, um leve penacho de bigode, contrastando com ampla testa. No gole do café, a cada palavra que atingia o interlocutor, ele tinha um trismo sardônico. E um trejeito com as mãos que expressava a sua própria dificuldade de comunicar-se com o outro. De todo modo, era para ele um local divertido, onde a presença, mesmo que estranha dos outros, dava a ele algum aconchego.

Mas o acaso trouxe Ana num dia único. Recordou-se que eram jovens quando se conheceram. Ele, recostado na cadeira, empunhava, com o cotovelo sobre a mesa, a sua face. Olhos nos olhos, a primeira presença dela apunhalou-o. Queria ter uma conversa infinita com aquela mulher. Passou despercebido que desde ali, no gesto que ela fez de consentimento, resvalavam fímbrias do vulto.

De primeiro, Pedro se sentiu penetrado por fios que desfaziam dobras internas. Um cheiro forte. Num susto, recuou ao sentir o pulsar quente do sangue dela. Ana pilhava o afeto dele em plena jovialidade.

Ela segurou Pedro no tino, ávida e inabalável, enquanto ele se rendeu. Pronto a tomá-la em seus braços, beijá-la, ainda que mais tarde.

Pedro respirou suavemente, deixando o ar sair. Baixou o olhar, recordou o que ocorreu nesse primeiro encontro. Sorriu enigmático pressionando um lábio no outro. Ergueu a cabeça e mirou Ana sentada na cadeira defronte. Os olhos verdes dela cintilavam. Um sorriso tímido passou. Ela quis dizer algo, mas foi interrompida por ruídos do local. Em instantes, ela não sabia mais o que falar, sentiu a mão dele entrelaçada à sua. Viu no olhar surpreso dele o presságio. Mas Ana não se incomodou num primeiro momento. Porém, entenderia, mais tarde, que, no que percebeu, fervilhava algo, indefinível.

Preliminares desse encontro eram o que, em confidência, Lúcia sabia, após longas conversas divertidas com Ana, quando costumavam saborear as tardes, ou a noite, na cama. Elas moravam no município de Araçu, no grande vale, onde corriam extensas planícies entre campos de lírios dourados. Ouvia-se sempre o vento soprando nas manhãs de domingo, esvoaçando os caules como numa dança. A leveza do clima solto as envolvia. Enquanto acontecia o rodízio nas brincadeiras, a cada giro, imaginavam Pedro. Aquelas fantasias eróticas com ele rondavam, mas prenunciavam um perigo.

O vulto se impunha, enigmático, nesse triângulo amoroso. Alguém que, *in absentia*, aguçava ainda mais aquele risco. Quando vinha, embebia de lama, os três. Costurava pelas beiradas, armadilhas após armadilhas. Débil.

Impossível vê-lo inteiramente.

Apenas, recostava-se aos fatos.

Os pensamentos de Pedro pairavam como ondas sonoras. Os ruídos ouvidos vinham da infância: como um relinchar num vácuo. Perguntava-se constantemente como pôde deixar escapar os atos destemperados. A pergunta era efeito da busca por uma palavra, ausente naquele momento, para explicar o que acontecera.

Sem essa palavra, a fúria ia direto para o corpo dele, jogando-o num vão escuro, fonte do vulto. A imagem dela gritava. Na pele de seu corpo irrompiam manchas roxas. Quando esses impulsos emergiam, as cenas se misturavam: o exterior com o corpo.

Não se sabia quem golpeava quem.

EX FORÇO

Ana estava hospedada numa pousada de arquitetura rústica, próxima ao local em que encontraria novamente Pedro. O tempo descascara a pintura antiga da parede do quarto onde alojou-se, deixando cair restos de reboco. Ela não conseguiu ficar muito tempo ali. Então, saiu do quarto, desceu as escadas de granito e, rapidamente, viu-se numa sala atapetada, composta por móveis de canto iluminados com luz baixa e uma imponente cristaleira marchetada, tipo Luiz XV. No centro da sala, erguia-se um espaço ensolarado, vindo de uma cúpula de vidro, desenhando no chão um círculo matizado. Ana mirou o quadro na parede. Ela teve a sensação de haver algo ocultado atrás da tela. Sua face, ao reflexo da luz indireta sobre a pintura, misturava-se à coleção de cálices franceses, expostos na cristaleira. O brilho cingiu-lhe o rosto. Deu alguns passos, o fulgor ofuscou-lhe a visão, tropeçou no móvel, mas segurou-se.

Acomodando-se no divã turquesa, passou suavemente suas mãos sobre o acolchoado de cetim. O pensamento fixo em Pedro provocava lembranças. Onde ele estaria? Num lapso, ela foi acometida por uma presença forte. Estava vestida de azul, delineando o corpo, que tentava escapar do pano. A verdade se impunha ao pensar que seria decisivo o encontro. Nesse instante, levantou-se do divã. Com calma, virou-se para fugir do reflexo da luz.

Espantou-se com a presença invisível que, outra vez, insistia em se aproximar. Deu dois passos à frente, parou perto de uma poltrona de cica, deslocou-a devagar para o canto da sala. Ampliava o espaço no cômodo, na frágil intenção de aliviar-se.

Ana sentou-se na poltrona. Pedro entrou. Ela, ainda em suspense, passou o dedo nos lábios quando, de improviso, perguntou sobre a outra. A resposta não vinha, o que a deixou apreensiva. Retesada, ela revelou a intenção de se aproximar dele, ainda acometida daquela aflição no ventre. Ana não queria saber a resposta fatal.

Pedro aproximou-se. Ele não sabia o que dizer. Tentou iniciar a conversa sobre o esforço que faziam ao se encontrar outra vez. Era mais uma tentativa. Ana calou-se.

O silêncio tomou conta, e as palavras sumiam no horizonte.

Percebendo o clima de distância entre os dois, ele aquietou-se no canto da sala. Como nada era dito, caminhou e se foi. Ana ouviu o som da porta fechando-se atrás.

Porém, a porta entreabriu-se espontaneamente e deixou fluir uma faixa tênue de luz, que pouco a pouco evocou nela fatos anteriores que sinalizavam o desfecho de seu elo com Pedro. Por quê?

Precisava de um nome qualquer que lhe permitisse saber sobre a nódoa quente retida na boca dele.

Ana queria sair e dizer por todos os cantos o que estava acontecendo. Então, caminhou apressadamente em direção à porta. Abriu-a e entrou por um corredor escuro. Trepidava de agonia. Caminhou longamente, depois correu, queria encontrar algum ponto final... Deteve-se.

No fim do corredor, avistou o jardim à medida que se aproximava de sua moradia com Lúcia. Caminhou para perto da varanda da casa e de esguelha viu Lúcia de costas, de cabelos negros e curtos, mexendo as mãos freneticamente, frente a outra pessoa, que não conseguiu identificar. Imaginou que Lúcia estivesse discutindo com Pedro, que se encontrava do outro lado, fora do seu campo de visão.

Engasgou, a garganta coçava. Ouvia barulhos vindos do estômago. Não se mexeu. Ficou parada até que a noite percutisse entre as copas das árvores do jardim. A atmosfera de penumbra trazia um desassossego.

Mais distante, meia-lua e meia lançava alguma luz, revelando a silhueta do corpo de Lúcia. Ela falava. Pela distância, não era possível identificar as palavras, ouvia-se apenas um murmúrio. Ana sentiu o medo gelando o ventre. Uma brisa fincava-se no pescoço, arrepiando a pele.

Decidiu suspender o vestido para se agachar e o fez sem a menor cerimônia. Passou as mãos nos filetes de grama ainda molhada, intuindo o que poderia acontecer. Levantou-se, tirou os sapatos e, pé ante pé, deslizou descalça sobre o gramado, ajeitando as pregas do vestido. O que estaria acontecendo?

Ela ia e vinha no gramado. Tudo era incerto. Aproximou-se, novamente, da varanda, apesar da pouca luz. Escutou um estalo: tapa! Arrepiou. Seguiu-se um silêncio mortal, nada mais foi possível ouvir.

Os sons das palavras foram se desintegrando, diluindo os contornos e misturando-se ao ar.

Ana não conseguiu ouvir nada da conversa dos dois. O fio que precisava para alinhavar o laço com Pedro perdeu-se com as lembranças do crime. Recordou-se que, naquele dia, os cílios negros contraíam-se. Entrou na sala, uma chama quente a invadiu de pronto e, num súbito golpe, a lâmina a atingiu no flanco esquerdo. Ana virou-se para trás, tentando, em vão, localizar quem tinha causado o talho.

A sala estava iluminada, pôde ver os olhos de Pedro, deslizando sobre ela. Ficou trêmula e, com as mãos curvadas, tentou alcançar um ponto de apoio. Esforçou-se, queria falar. Na expectativa de frear Pedro, chorou. Todavia, não suportou o corte e caiu. Somente aquela palavra, a que não tinha sido dita no primeiro encontro, ressoava em sua mudez.

Anoitecia, o frio escuro a fazia tremer. Prostrada ao chão, viu a porta entreabrir-se, rangendo ao arrastar a madeira envelhecida sobre o piso de granito bruto. Pedro partiu. Num rompante, ainda o viu refletido no espelho do vidro lateral da cristaleira.

Ana saiu às pressas do jardim de sua moradia, parando quieta na esquina. Olhou fixo para o nada. Percebeu a diáspora em seu peito.

Algo nela insistia em dizer, mas a palavra sumiu no céu da boca: adeus. Passou os dedos na face molhada. Os olhos pulavam sobremaneira.

Lembrou-se de *Fúvia distante, brincando nos campos de lírios, o que a fez alçar algum alívio, deixando-se levar pelo frescor do vento.*

Pedro, após a discussão com Lúcia, foi saindo daquela atmosfera em que tinha perdido a razão. A palavra não dita no primeiro encontro pousava sobre o peito.

Lembrou-se da hora em que fincou antes a lâmina na madeira da mesa e, na sequência, cravou no flanco dela. Os movimentos da cabeça balançavam os cabelos longos daquela mulher, que fugia da lâmina. A força vinha a galope, desfigurando o sorriso dela, que tempos atrás tinha visto na foto.

Ele segurava, como besta humana, a faca.

Queria-a além do corpo.

Pedro ficou um tempo parado, em pé, com o olhar fixo no além. Aturdido, começou a caminhar em jardas, rodando em círculos. Entrou na rua direita e dobrou à esquerda: viu, outra vez, o reflexo da luz dos carros incidindo sobre as vitrines da rua. Por que aquilo tinha acontecido? Catou, com os olhos, fragmentos de luz. Perdeu-se, por um tempo, com as vistas ainda ofuscadas. Assustado, pisou de lado, dobrando o tornozelo.

A dor misturou-se ao sorriso dela, que passeava tenso, na vidraça. Pressionando os dedos na vitrine, pôde sentir que ainda estava vivo. A sua respiração rente ao vidro embaçava a imagem dela, que ele via, retorcida, do outro lado da vitrine. Estampava-se na face de Ana o resto de dor.

Ele continuou a andar a esmo e, mais a mais, deu-se com a Rua Martins de Carvalho, virou em direção a um amplo espaço, próximo ao Largo dos Machados. Todavia, notou uma puxada no ombro esquerdo. Segurou firme no gradeado que contornava o Largo. Sentiu outra vez uma forte fisgada, expondo o nervo contorcido. Era o corpo que já não aguentava mais e que agora dava sinais das sobras.

Olhou com firmeza para o fim da rua, onde nada se via. Sem beira, a presença dela o tomava, mais, mais e mais, trazendo-lhe à memória o bote da lâmina.

Depois, ele, ao relembrar essa cena, adentrou no Café GR. Ainda tonto, segurou-se numa cadeira, puxou-a e se sentou, na mesma mesa em que a viu pela primeira vez.

Percebeu que, de soslaio, o vulto o observava. Era prisioneiro dessa face oculta.

Pedro lembrou-se do dia em que a porta da sala foi trancada por Ana. Bateu uma, duas, três vezes...

Ela estaria lá com alguém? A partir desse momento, tudo mudou. Ele experimentava medos que obnubilavam seu pensamento. Pedro equilibrava-se sobre extensas rachaduras que brotavam continuamente em seu peito, pondo-o a pique da própria destruição. Um turbilhão estremecia a possibilidade de pacto com Ana. Ela negava a afirmação de Pedro e manteve-se na mentira até a última expiração de *Pai chão.*

As forças em jogo quebravam a sequência desta escrita, ao trepidar a letra entre placas tectônicas. A atitude de Ana movia milímetros das placas que se deslocavam na superfície, produzindo a ruptura, tônus desse amor. Ela percebeu que a escrita vivida com Pedro se desmanchava.

Uma repulsa soava nos ouvidos de Ana: vós, voz que nunca vinha...

Ana subia lentamente a Campos de Azevedo, rua íngreme calçada de pedra, perfilada à esquerda pelo paredão da igrejinha antiga. À direita, pequenas casas, juntas, parede-meia. Foi descendo a rua, quando deparou com um matagal margeando a cerca, ocultando atrás o desfiladeiro rochoso, que separava o terreno baldio do calçadão. Ali ela conseguiu, pela primeira vez, pensar no que tinha feito de sua vida.

Numa fresta entre lábios soltou um sopro acalentador, que saiu como um alívio por ter conseguido afastar-se de Pedro. Ela foi se distanciando do local, guarnecendo no peito o afeto que sobrara.

Dobrou a esquina, logo ali, após a quebrada do muro da Igreja, e lá estava Lúcia. Abraçou-a. Notou-a atingida por palavras ríspidas da discussão, agora confirmada, que tivera com Pedro. O abraço de Ana provocou em Lúcia uma vontade de gemer. De dizer algo.

Nesse instante, figuras passeavam frente aos olhos de Ana, deixando-a aflita. A sensação que tinha, ao abraçar Lúcia, estava misturada a essas imagens. O vazio aumentava por mais que a abraçasse. Então, não suportando mais, subitamente, deixou-se cair numa rocha estofada com bérberis.

Um som surdo ecoou.

As lembranças dançavam freneticamente na memória de Ana e traziam cenas posteriores ao acontecimento: ela levava às costas uma sacola de pano em que carregava as sandálias. Andava devagar pelo jardim, o vestido longo e solto esvoaçava com o vento frio. Caminhava descalça e, com os pés encardidos de terra, viu subitamente marcas de pegadas no corredor que levava à porta da sala. Contornou.

Pé ante pé, aproximou-se do outro lado da casa onde morava com Lúcia, próximo à varanda. Avistou a faca cravada na terra de uma pequena trilha que levava ao poço. O pânico a invadiu.

Ana não tinha conseguido deter a onda que a tinha encaminhado para a cena do crime. Aconteceu tudo num instante. A ferida no flanco a envolveu numa névoa que cegava. O ponto em que ela pôde ver a imagem de Pedro no espelho estilhaçado da cristaleira coincidia com o instante em que foi manchada pelo sangue. Por um tempo, debateu-se com a negação dessas recordações.

Uma lágrima desceu. Sentindo o gosto salgado nos lábios, Ana fechou e abriu os olhos ainda umedecidos. Clareou a vista, vendo o gramado do jardim. As flores de bérberis adornando o verde. Novamente recordou-se do crime.

Como insistia o trauma!

Naquele momento, juntando parte a parte, Ana começou a recolher o próprio corpo fragmentado pelo corte no flanco. Não se sentia capaz de nada dizer. Ao mesmo tempo era tomada por uma invasão das palavras.

O que fora dito com Pedro naquele momento, entre quatro paredes, misturava-se à dor. No rastro desse abandono, o conflito entrelaçou os dois corpos, escrevendo, com tinta negra, uma tarde crepuscular.

MORTICÍNIO

Onde estás que não me escutas? Ana perguntava-se constantemente e não obtinha repostas.

O vulto, num ranger de dentes, passeava rente às duas amantes, como um cifrão em brasa. Queimava as ideias de Ana, deixando-a ainda mais confusa.

A pressão do vulto não era direcionada somente a Ana e Lúcia, mas também a Pedro. Deixava vazar pela boca um líquido ferruginoso: a bílis negra. Devastava.

Não *Vale* nada!

No vazio do abraço com Lúcia, uma voz se apossou de Ana: *Pedro, em ti identificarei o ferro da palavra não dita.*

Ana se lembrou do primeiro encontro, no instante em que ele a surpreendeu e roubou-lhe um beijo. Mais tarde, tão longe, mas tão perto, eles se amaram em silêncio.

No fluir das carnes, florescia, naquele ardor íntimo, a palavra limada em ferro, riscando o instante.

Ouvia-se o ranger dos corpos:

Santo, santo, santo!

As lembranças do crime vinham enoveladas na cabeça de Pedro, deixando-o tonto, quando:

Um ruído se instalou. Ouviu um estrondo estarrecedor e viu correr um mar de lama aflita derramando-se continuamente a seus pés. Por cima do barro, boiavam olhos enucleados. Pessoas caminhavam sem rumo, dando voltas no Largo dos Machados. Faziam pequenos montes com lama endurecida e fincavam cruzes de madeira, adornando-as com flores de bérberis. Um esforço épico de estancar a dor. Pedro, aterrorizado, enterrou sua cruz ao lado, esquivando-se, atônito, daquele instante insensato. Enquanto o vulto pairava sobre os montes, olhando as cruzes ao redor da terra arrasada. Por uns segundos, a memória de Pedro obscureceu-se ao lembrar-se do pai na urna mortuária. A terra estremecia em volta, liquidificando corpos. Ajeitou o cinto, cobriu-se com um manto xadrez e, com as mãos aliviadas, seguiu.

O ruído das estacas entrando na terra furava o silêncio da morte.

SONHOS

Pedro resolveu vagar. Andou a esmo pelas ruas do bairro onde morou, próximo à entrada principal da Igreja. Aquele momento exigia entender o seu encontro com Ana. Então, decidiu enumerar a origem dos fatos: o episódio da blusa sumida, a percepção de que fora visto de soslaio pelo vulto, a palavra não dita no primeiro encontro, a presença de Lúcia testemunhando o crime. Nada, porém, se encaixava numa sequência lógica.

Diante da dor, pôs a mão espalmada sobre o peito e foi apertando, querendo arrancar Ana dali. Nada acontecia! Ele, com olhos estagnados, voltou a sentir a fisgada no ombro. Andou sem cessar. Contavam-se horas infindas. Já era tarde quando se dissiparam as últimas sombras.

Ao amanhecer, a luz descortinava a treva. Parou em frente à Igreja com muro de alvenaria. Avistou a escadaria que conduzia à rua paralela a da Igreja. Pé ante pé, subiu os 722 degraus. Acima, do alto da escada, percebeu o esforço que tinha feito para chegar até ali.

Ouvia-se o ressoar seco dos sinos: *Amem!*

Um novelo de letras rolou, picando escada abaixo, e foi jogado sobre os tijolos do muro da Igreja, pichando o concreto da *ao ver Naria.*

Foi num sonho que encontrou Naria. Do barro surge uma mulher. Ela estava sentada em frente, deu-lhe as mãos machucadas pelo tempo, cegas no sorriso. Enquanto entreabria as pálpebras, olhou para Pedro, que não sabia o que fazer. Ele aproximou-se, abraçou-a singelamente. Naria terminou o banho, os cabelos cacheados caíam em seus olhos. Abaixou uma pálpebra inferior com o polegar direito e pingou o colírio, em um e depois em outro olho. Percebendo uma presença próxima, virou-se e girou lentamente a maçaneta, abriu a porta, nada viu. Pôs o robe de seda e andou pelo corredor com piso de madeira. Ainda descalça, cruzou a linha divisória no canto esquerdo e entrou no amplo quarto de casal. O fulgor a tomou, com os cabelos molhados. A cama ainda desarrumada lhe trouxe uma sensação de prazer quente, evocando a noite anterior, em que o tinha amado. Entrevia o solo do quarto, apesar do sorriso que ofuscou sua atenção, e logo puxou a cadeira da penteadeira, sentando-se frente ao espelho escandalosamente amplo. Uma onda vazia a invadiu, denunciando uma presença indefinida, mas pouco importava. Então, fez um movimento súbito e jogou os cabelos para trás, alisando-os com as mãos, deixando cair no chão pingos d'água. Ela não queria pressa. Caminhou desleixadamente sonolenta e, num impulso, saltou para o canto próximo ao cabideiro de madeira. Naria começou a brincar com as peças dependuradas: o cachecol preto e o chapéu-coco. Estava nua, a abertura do robe sobre a pele lisa delineava a cintura. Acariciou-se com prazer em movimentos circulares, abaulava o abdômen, esticava as pernas. Tudo era lentidão oriental, movimento felino. Ela coçou as costas com a mão esquerda e desceu-as até o quadril. Sentiu as curvas do corpo. Ajustou o robe e se levantou. Os cabelos curtidos começavam a secar. Sorriu para o espelho, vestiu-se e foi para a sala. O que dizer? Fez um movimento entrecortado com o braço direito, a mão fazia um gesto de abertura, chamou-o com um olhar tímido. Ela, sentada, encostou a face interna da mão no rosto, apoiando-se no encosto da cadeira, e disse a palavra, logo neste primeiro encontro. Não deu chance para a ausência. Pedro, a passos largos, entrou na sala: sentou-se assoviando, olhou para trás, como se estivesse sendo seguido por alguém. A história anterior, vivida com Ana, insistia em se intrometer na cena, e o augúrio do vulto sumiu do sonho.

Passaram-se meses, após aquele sonho. Era primavera. Pedro aproximou-se por acaso do bairro onde tinha morado. Ali reencontrou Naria. Recordou que a conhecia desde a adolescência.

O acontecimento foi envolvendo os dois, surpreendendo-os. A proximidade entre eles era espontânea. Naria sorriu. Sentia-se como um pássaro escuro, do poeta, entre as páginas de um livro. Ela se entregou. Pedro viu arrepiar cada poro do seu corpo. Ele tinha a certeza de que nunca tinha ocorrido nada igual. Essa mulher levava-o para outro espaço, sem planos. Um fluxo quente lhe cobria o peito. Ela estava nua, espelhada em sua frente, *sem chão, sem pai*, lançando firme a voz que ressoava da boca. Ave Naria, de onde há de vir os lábios molhados.

Ela suspirou. Sentou-se num sofá do quarto, tirou o xale de renda bege, ajeitando os cabelos. Cruzou as pernas, pousando a mão esquerda no joelho direito. Ele a viu inteira. Não disse nada. Caminhou aproximando-se, ergueu a mão esquerda e passou-a sobre os cabelos dela.

O sonho tornou-se real. Disposto, ele combinou de vê-la. Tiveram a oportunidade de conhecer a casa onde ele tinha morado na infância.

Num dado momento, Naria estava de costas. Os cabelos lisos deslizavam sobre os ombros, caindo nas curvas da cintura. Ele aproximou-se dela por trás, tomado por um chamado irresistível. Quase colado ao corpo dela, sentiu o desejo de tocá-la. Ela percebeu aquela forte presença, inalcançável aos olhos. A respiração dele ritmada à dela. Naria mantinha-se quieta, esperando uma atitude de Pedro. Olhava para a cama. Suspirou tímida.

Ele deslizou a mão direita sobre os cabelos dela, esperando alguma reação pela ousadia do gesto. Ela nada fez. Pedro correu com suavidade a mão firme no antebraço dela, sentindo na carícia a penugem eriçada pelo toque. O disparo do coração a trouxe inteira, completamente aberta. Naria virou-se, sorrindo, e, com olhar brilhante, envolveu-se na cena. Pedro a beijou levemente nos lábios e, aos poucos, apreciando a intimidade rósea, se perdeu. Já não era ele, já não era ela, quando, com a boca molhada, o beijo não queria parar e longamente sorveu o gosto dela. Num passo, Pedro tirou a blusa de *voil* negro que ela vestia e foi capturado: o bico dos seios na ponta da língua. Nada era dito, e os movimentos se faziam ritmados como num balé improvisado.

O infinito desabava mudo entre os corpos, inteiramente entorpecidos até a fisgada final do grito: meu amor!

Ana, num devaneio, procurava encontrar Lúcia.

Entre quatro linhas, estava armado o palco. Ao fundo, os timbres dos metais ungidos a óleo de buriti. No primeiro plano, o piano solava em lá menor, dialogando com a soprano o canto do Uirapuru *amazonense. A voz de Lúcia emitia esses sons líricos, arrastava a densidade verde para o centro do palco. A suavidade daquela voz abria trincas nas rochas. Ana estava exausta e se ajoelhou no palco. Estendeu a mão direita num gesto de abertura, chamando por Lúcia, que percebeu a sua angústia. Lúcia levantou forte a voz aguda, flechando o corpo trêmulo de Ana. Escutou uma saraivada de palmas. Ana entregou as duas mãos e se ergueu do chão. O tom verde das flores de bérberis realçava o sorriso de Lúcia solto na selva.*

Uma sensação leve trouxe Ana da divagação. Nada mais era programado. Descobriu a origem de sua vertigem, segurando-se em ramos soltos das folhagens de árvores centenárias. Ana procurava articular a língua, buscando alguma sílaba para esse encontro no palco que enfim se realizara. Queria dizer a Lúcia o que se passava, mas as palavras atropelavam o instante de dizer.

A ausência do termo envolveu Ana, surgindo um desejo de tocar Lúcia. Tentou mais uma vez dizer que a amava. O silêncio disse.

II

O SILÊNCIO ESCRITO

Ana frequentava a livraria três vezes na semana. Costumava ir para tomar um café *macchiato* , comer bolo de cenoura, ler e às vezes escrever.

Num desses dias, abriu um livro e foi lentamente folheando as páginas. Vasculhou minuciosamente a palavra *alvenaria*, que deu origem ao sonho de Pedro. Passava os olhos nas páginas, enquanto o texto a invadia. Num ponto do livro surgia aos poucos a imagem de um rosto. A cena sem movimento obnubilava sua visão. Havia alguém com Pedro? Do fundo negro das letras emergia um quadro: uma mulher desviando o olhar para esquerda. A cena não se movia. Não conseguia ler. Um enigma fixava seu olhar na letra. O signo fixo a deixava aflita. Dali também lhe nascia uma espécie de prazer. Desejava ser a figura do quadro.

O vozerio do público na livraria acompanhava o pulsar das letras. Era um mundo de sons diversos, entrecortados.

Ana virou a página e, na outra, encontrou um novo período proscrito: somente um traço seguido do branco do papel. Via as letras, lia, mas não entendia. Tomou letra a letra: soletrou. Percebeu quando a imagem passou para um estado de trepidação.

Distraiu-se.

Mais tarde, conseguiu ler. A tinta das letras ia produzindo palavras. No papel, a sequência sonora. Liam-se frases e assim por diante, infinitamente, no espaço branco, alhures.

Deparou-se com a oração: *ao ver Naria.* Parecia o silêncio querendo abrir espaços na escrita.

Ana levantou os olhos da página e observou o ambiente movimentado. Havia muita gente conversando em pequenos grupos, algumas vozes femininas ressoavam aos quatro cantos. Escutavam-se risos, falas entrecortadas no dilúvio sonoro. Algumas pessoas caminhavam no salão da livraria, vendo as estantes, indo e vindo ao afã de encontrar um título.

Pedro entrou, caminhou devagar, procurando a manifestação de alguém. Ninguém se anunciou. Hesitante, olhava de soslaio para as pessoas. Passeou entre corpos entretidos com os livros e meneava a cabeça. O tom do vozerio incomodava-o.

Num pequeno sofá de leitura, canto próximo ao gradil da estante, Ana estava sentada. Lia atenta. Ele olhou, aproximou-se pelo lado oposto e sentou-se frente a ela. Ana elevou os olhos e em seguida sorriu. Pedro tentou falar, porém foi surpreendido com o convite dela para sair dali e, sem reservas, consentiu, mesmo com aperto no peito. Ela levantou-se e subiu os degraus da escada que conduzia ao terraço. Ele a seguiu até encontrá-la no espaço livre, longe da multidão.

Pedro tocou-a. Cercou-a em seus braços. Puxou o fio de algum sentido firme entrevisto no rosto dela.

O livro ainda estava nas mãos de Ana, escondendo a palavra que ele tinha dito naquele dia em que sonhou. Um rastro vindo do texto atingia-a, tomando o corpo à força. Era verso.

Pedro aquietou-se naquele momento com Ana. Porém, o muro entre os dois ainda estava lá. Ela se perguntava sobre o rosto feminino no quadro, dentro do livro.

Havia um matiz no painel oposto às molduras laqueadas. O desenho do rosto se formava à medida que avançava na leitura. A imagem transmitia um olhar fulminante, com um "ó" que saiu picando repetidamente na tela, imprimindo um efeito de sombreamento na face direita, acentuado na íris. Um outro "ó" repicava, produzindo pixels que se adensavam, escurecendo, roubando da face o tom leve da brancura. Por outro lado, a travessia do "ó" imprimia brilho na face esquerda do rosto, vista por transparência sob um véu negro de renda. No canto dos olhos acentuava-se uma vírgula escura, inversa. Puxava um traço sombreado rumo às têmporas, efeito opaco, atrás do véu. O quadro, num rapto, sumiu, ficando um buraco.

O quadro desaparecido escondia a foto nua, que tinha atingido Pedro, como um murro. Essa recordação o deixava atordoado, por ter sido traído pelo sorriso daquela mulher no retrato. Por um momento, pensou que não era real. Levantou e saiu à procura de margens para apoiar-se.

Pedro levantou a cabeça, o sol a pino aquecia seu chapéu-coco, esquentando o feltro. Porém, a pequena margem de sombra sob a aba suavizava o excesso de luz. Abriu passos largos. Puxou para baixo a aba do chapéu, levantou os olhos e avistou a estrada ao longe, rodeando a fazenda.

No caminho, via-se, a sumir de vista, flores de bérberis indicando o Norte. Grãos de areia espalhados cobriam o chão de terra e, a cada passo, Pedro sentia-se livre em seu novo trajeto.

Recordou-se de Ana. Golpe seco e duro. Assustada, ela tinha tentado sair da faca, mas desfaleceu, deixando no chão o molde de seu corpo. O rosto dela, naquele instante, provocara a intemperança de Pedro.

Tendo passado horas, o sol o cegava, fazendo surgir na visão pequenos pontos enegrecidos que o seguiam, deixando-o tonto. Precisava se desvencilhar dos pensamentos.

De repente, surpreendeu-se com um movimento do vulto andando afoito de um lado a outro. Ele ia e vinha, com o dedo em riste, e sugava o resto das forças. Pedro sabia que o vulto também procurava Ana, que, ainda no chão da sala, com dedos em garras riscava o solo. Ana não tinha em que se segurar, mas um filete de corpo se mantinha. Engatinhou até a porta e ergueu o braço, segurou a maçaneta. Abriu.

Após alguns meses, junto a Lúcia, Ana foi se refazendo. Um certo dia, decidiu caminhar na rua. A cada passada, era acometida de ideias novas. Foi quando decidiu entrar de novo na livraria.

Afastou a porta de vidro. Olhou a fileira de estantes repletas de títulos, virou os olhos e do primeiro andar avistou o Café-Versos, no andar superior. Então, subiu os degraus da escada em caracol, que a levava ao segundo piso. Caminhou sobre as tábuas de carvalho. Um sorriso lhe escapava dos lábios. Deslizou a mão esquerda sobre o corrimão que circundava o espaço circular superior. Contornou o local e foi até a última mesa, onde havia um pequeno sofá. Sentou-se. De onde estava olhou por entre a grade de treliça, e, lá embaixo, as pessoas entretinham-se com os livros.

Virou-se para o lado esquerdo e se deteve como quem procura alguém. Rostos estranhos acomodavam-se nas mesas.

Olhou de novo entre os furos geométricos das treliças, decidiu retornar para o primeiro piso. Pensou que ali encontraria alguém. Quem sabe estivesse adiantada? Aguardaria um tempo. Sentiu uma presença próxima por detrás dela. Fez um movimento que ia e, imediatamente, parou frente ao nada. Queria esquecer o passado.

Naquele momento, aproximou-se da estante e pegou um exemplar. Folheou, sentiu as letras do poeta, encarnando, em seu corpo, uma ave escura e um verso.

O texto enlaçou-a, jogando-a no centro de um redemoinho, decretado pelo livro.

Em pé, lendo, deslizou sobre uma linha infinita à procura de um ponto final, perdido, extraído da página. Nas entrelinhas pressentiu uma presença sobre os seus ombros seminus. Quem era?

O livro inclinou-se delicadamente em suas mãos, os umbrais criados pelo poeta. Fechou-o, destituindo-se do suor sobre a testa. Fez um laço oblíquo sobre a capa, arrancando do vácuo a ave escura: *Corvo.*

Os livros eram um momento vivo.

Nesse exílio, Ana não sabia mais onde se encontrava. Imaginou.

Um amplo espaço ao redor, configurando o desterro. A primavera trouxe flores de bérberis. Ana viu-se sentada na raiz de uma árvore centenária: sumaúma. Nada se ouvia. Estava vestida com tule marrom. O excesso do tecido caía entre as pernas, formando pregas que, ao esvoaçar, expunham o corpo. De repente, uma luz intensa obnubilou sua visão, e pôde somente enxergar uma mão se abrindo lentamente e deixando cair grãos de areia fina entre os dedos. Respirava o ar espantoso dessa visão. Então, num gesto, ela passou as mãos sobre a raiz da árvore em que tinha se sentado. Nas cascas nodosas percebia as marcas: algo se ia.

Escrever era o que restava, sonorizar no traço o ato adiantado, entalhando no tronco da árvore o escape.

TRAVESSA

Era estranho o que começava a se configurar. Por mais que Ana tentasse se afastar, uma língua vinda do vulto insistia em reduzir a distância que ela tomava de Pedro. O coração palpitava como última esperança, com a qual ela pretendia reverter sua paralisia e ir embora de vez.

Precisava saltar de um lado a outro, sobre aquele abismo.

No espelho da cristaleira ainda se viam traços do vulto fazendo reverência. Tinha um rosto *triangular,* marca indelével, deformando o lábio direito, repuxado para cima.

Num abre-fecha boca: não saíam palavras, mas um rosnado.

Pedro, atordoado com as marcas do crime, caminhava:

Enxugou a face molhada de suor frio, suspendeu a cabeça. Dobrou a Rua Direita e, mais adiante, na esquina com a Martins de Carvalho, andou duas quadras e avistou ao fundo a casa antiga, onde passou a infância.

A casa, vista de frente, não parecia ampla, porém, ao entrar, um extenso corredor estendia-se até o quintal. Lá se avistava um conjunto de três mangueiras repletas de folhas verdes amareladas e que, cortadas pela refração dos raios solares, anunciavam o fim de tarde. Do enorme corredor, saíam seis quartos, uma cozinha com fogão de lenha e dois banhos. O último quarto, próximo ao quintal, cuja janela abria-se para um jardim repleto de flores de bérberis, tinha sido o de Pedro. O casarão, assim denominado pelos amigos que outrora visitavam o espaço, estava vazio.

Pedro decidiu entrar, rever as acomodações. Talvez assim conseguisse articular as ideias e dar sentido ao grito que emergia em seu peito. Decidiu dormir ali por uma noite, contando com o silêncio para refazer-se das marcas.

Anoitecia quando foi para o quarto.

Acordou no meio da noite, ainda sonolento, levantou-se cambaleando e segurou na beira da cama para localizar o ponto de luz. A claridade incomodou os olhos, que ardiam e lacrimejavam, sinais da dor intensa que sentia na cabeça. Ele caminhou até o banho, próximo ao quarto, abriu a torneira da pia de porcelana antiga e deixou a água escorrer, encharcando os cabelos, respingando pelas laterais das faces e formando um veio de água que jorrava na ponta do nariz. Foi como dissolver as ideias que lhe ocorriam, e, por instantes, sentiu-se aliviado da dor. Levantou a cabeça no mesmo instante em que puxou a toalha do gancho ao lado para secar os cabelos, deixando grumos de fios negros grudados na testa. De frente para o espelho, carcomido pelo tempo, percebeu um fio de sangue que coagulava sobre o supercílio esquerdo.

Então, ele lembrou-se da cena em que tinha visto Ana, caída. A imagem no espelho trincado da cristaleira refletia o corpo dela ferido. A lembrança velada da cena persistia, alimentando a fome do vulto.

Agora, refeito pelo jato d'água, conseguiu clarear a memória. Para Pedro, o corpo de Ana foi suporte da sobreimpressão de experiências amorosas antigas. Ele, então, cravara na carne dela a letra inscrita por dores remotas. O corpo de Pedro suportava o excedente que não coubera em sua vida, dividida.

Pedro sacudiu a cabeça, para os lados, e respingos d'água caíram sobre o vidro do box. Um resto de ódio percorreu o corpo e redundou na córnea, cegando-o por instantes.

Segurando-se na grade da janela, para não cair, abriu a porta e observou o desfiladeiro dos quartos que davam para o corredor: sentiu a presença do vulto.

Uma sova de ondas repetidas o aturdia quando deu o primeiro passo. Então cambaleou pelo corredor, quarto após quarto.

Entendeu que a verdade é o óbvio em que pomos fé.

Ana saltou, não olhou para trás. Percebeu, na delicadeza de Lúcia, o amálgama que as atava.

Solta, uma palavra lhe ocorreu num sopro de chama.

Amanheceu, e os raios solares infiltravam-se pelas frestas das telhas, indo aclarar os pés de Ana, que se encontrava sentada no banco de madeira da varanda da casa, que dividia com Lúcia. Ela olhou para baixo e percebeu a sombra de sua silhueta impressa no chão, bem próxima aos seus pés. No centro da sombra, notou um tom mais escuro, formando um coração.

Aos poucos, desviou o olhar perdido, e o pensamento se abriu em leque: *imaginou Fúvia ao longe, sorrindo. Quando a tarde acontecia, viu-a sair de casa e andar pelos campos, distraindo-se ao sentir na pele a delicadeza do vento, que esvoaçava os lírios entre as montanhas de Minas.*

Descortinava-se um horizonte sem fim. Um resquício de lembrança se acomodava num canto da parede da memória, ainda resistindo ao esquecimento. A densidade desses restos reverberava.

O corte é necessário às vidas que vingam.

De vez em vez, vinham palavras soltas, numa linguagem esburacada. O tremor nos campos de lírios ecoava a força dos restos vividos.

Porém, há de surgir palavra rompendo o medo.

A equação acostada ao resto, aquele que sobrou no canto da memória, sendo revelada, desfaria o novelo da cena.

Puxaria o fio emaranhado.

Pois bem,

o fio passou alinhavando restos.

Um sopro adveio, desatando os pontos:

Vinde a nós, ó palavra empenhada pelo vale de lírios.

Vela por nós, curando a dor.

O autor

Bruno Drummond é mineiro de Belo Horizonte. Formou-se em Medicina, sendo psiquiatra. Trabalhou por 30 anos no SUS e na área privada. Tem mestrado em Saúde Pública pela UFMG com o tema publicado na plataforma Scielo: "Fatores sociais associados a transtornos mentais com situações de risco na atenção primária de saúde". É também psicanalista, com publicações em psicanálise e na Associação Mineira de Psiquiatria, na qual participou da diretoria. Amante da leitura, este é o primeiro livro e sua estreia na literatura.

#tudocomeçanalivraria
#quixote+do2022
#delivro

[1ª edição 2022]

Esta obra foi composta em Minion e impressa
em papel Pólen Soft 80g. na Artes Gráficas Formato
para a Do Editora.

MISTO
Papel
FSC FSC® C092828